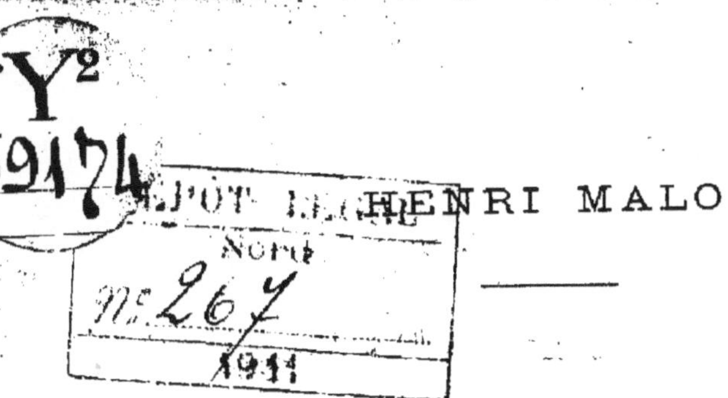

HENRI MALO

# LES
# Parfums du Coffret

PARIS
ÉDITION DU BEFFROI
33, Avenue des Gobelins, 33
MCMXI

# LES PARFUMS DU COFFRET

## DU MÊME AUTEUR :

### POÉSIE

AU TEMPS DES CHATELAINES, 1894 (Lemerre, édit.), 1 vol.
LA FOLLE AVENTURE, 1900 (Lemerre, édit.), 1 vol.

### ROMAN

CES MESSIEURS DU CABINET, 1905 (*Mercure de France*) 1 vol.
LES DAUPHINS DU JOUR, 1906 id. 1 vol.
LES SURPRISES DU BACHELIER PETRUCCIO, 1909 (*Mercure de France*) 1 vol.

### THÉATRE

COMÉDIE A COMPIÈGNE (avec Edouard Noël), 1 acte, 1902 (Tresse et Stock, édit.) 1 vol.

### HISTOIRE

LES CORSAIRES, mémoires et documents inédits. Ouvrage récompensé par l'Académie des Sciences morales et politiques, 1908 (*Mercure de France*, édit.) 1 vol.
RENAUD DE DAMMARTIN et la COALITION DE BOUVINES (Un grand feudataire), ouvrage récompensé par l'Académie des Inscriptions et Belles-Lettres, 1898 (Champion, édit.), 1 vol.
PETITE HISTOIRE DE BOULOGNE-SUR-MER, 1899, épuisée 1 vol.

HENRI MALO

LES

# Parfums du Coffret

PARIS

ÉDITION DU BEFFROI

33, Avenue des Gobelins, 33

MCMXI

IL A ÉTÉ TIRÉ DE CET OUVRAGE
VINGT exemplaires sur papier de Hollande
numérotés à la presse de 1 à 20
PRIX : 15 FR.

—

*Justification du Tirage*

# LE RELIQUAIRE D'AMOUR

## *LES SOUVENIRS MEURENT DEUX FOIS*

C'est un ruban passé, c'est une fleur fanée...
Ils dormaient là, dans ce coffret, depuis des jours.
Pieusement, jadis, une main surannée
Avec des souvenirs enferma ces atours.

Ils évoquaient l'illusion momentanée
D'un amour qui fuyait où s'enfuient les amours,
Un peu plus vite, un peu plus loin, à chaque année...
Les yeux qui les voyaient se sont clos sans recours.

Et voilà maintenant une chose anonyme,
Qui n'éveille plus rien et que rien ne ranime,
Abolie à jamais et morte de deux morts !

Apre désir humain que le Destin refoule,
Et qui renaît, toujours déçu dans ses efforts :
Saisir l'Heure… saisir l'eau du ruisseau qui coule !

II

## L'ENCRE PALIT SUR LES ALBUMS

*A Mlle Geneviève Chapelas.*

Comme un coffret très vieux enfermant un secret,
Ruban fané nouant une rose flétrie,
Chers objets évoquant une image chérie
Et d'où s'exhale en relents vagues un regret,

Ouvrez l'album ancien doucement : on dirait,
Sur les feuillets jaunis où court l'encre pâlie,
Que les sonnets sont des fleurs de mélancolie,
Et que le chant des rimes d'or est plus discret.

Parmi ces vers, l'esprit badine et papillonne...
Où sont ceux-là qui souriaient en écrivant ?
Ces pages ont le charme étrange d'un automne !

Et l'on songe à l'envol des feuilles dans le vent,
Aux Parcs abandonnés où l'écho se lamente...
Et le Passé pleure sur nous sa plainte lente !

## *LE FEU S'ÉTEINT DANS L'ATRE VIDE*

Le feu morne au foyer lentement agonise...
A la vitre le jour s'efface et disparaît,
Et le froid d'un frisson fait frémir l'ombre grise,
Ravivant d'un éclair la flamme qui mourait.

Sur les tisons noircis souffle âprement la bise ;
L'âtre, où ne dansent plus ni rayon, ni reflet,
Dans la tristesse et dans le froid s'immobilise,
Vide et béant, où jadis une âme vibrait.

Avoir connu la joie intense et suprême de vivre
En écoutant l'enthousiasme aux voix de cuivre
Claironner les espoirs et les illusions...

Puis un jour où, lassé, sur le cœur on se penche,
N'y plus trouver, au lieu des claires visions,
Comme au foyer éteint, qu'un peu de cendre blanche !...

## *CUEILLEZ LES FLEURS VIVANTES*

Pourquoi laisser les fleurs se faner sur leur tige,
Et, un à un, les pétales agonisants
Qui dans le vent d'automne étrangement voltigent,
Joncher le sol où ils vont se décomposant ?

Vaut-il pas mieux en pleine vie, en plein vertige
D'éclatante splendeur, sous le soleil grisant
Les cueillir, et garder le précieux vestige,
Cher souvenir que l'on respire en le baisant ?

Plutôt que leur mort soit une morne agonie
Que rancœurs et regrets de leur ignominie
S'en viennent endeuiller, oh ! ne vaut-il pas mieux

Briser en leur été nos amours éphémères,
Et comme en un coffret, avec des soins pieux,
En garder dans nos cœurs la troublante chimère ?

## *LE PARFUM DU BONHEUR*

O toi, petite fleur qui m'apportas des fleurs,
C'est un peu de printemps, un peu de ta jeunesse
Que tu laissas chez moi : fassent donc leurs couleurs,
Fassent donc leurs parfums que la joie y renaisse !

Sait-on jamais ce que deviennent les bonheurs ?
Où s'en vont l'air léger qui embaume et caresse,
Et l'écho des baisers ? Sait-on quelles pâleurs
De ce vivant calice éteindront l'allégresse ?

Or, je m'imprègne de ces roses, un moment,
Le temps si bref de leur épanouissement,
Et j'y retrouve de ton charme et de ta grâce.

Car le sage, vois-tu, savoure le baiser,
Et respire la fleur, et cherche à se griser
De ce très frêle rien qu'est le bonheur qui passe.

# DES VOIX, DES SOUVENIRS

## *L'EAU DE LA RIVIÈRE*

*A Mme Charles Mourey.*

Elle court, l'eau de la rivière.
Elle coule comme le Temps,
Et son onde fuyante et claire
S'en va clapoti-clapotant,
Ou se glisse au long de la rive,
Mollement, à pas de velours.
Elle s'alanguit ou s'avive.
Elle ronge les piliers lourds

Du vieux pont revêtu de mousse,
Fait frissonner les joncs tremblants
Sous sa caresse fraîche et douce,
Et frôle des saules dolents
La longue chevelure triste.
Eau vagabonde et fantaisiste !
Les grands chênes s'y sont mirés,
Les ciels bleus, les couchants cuivrés,
Les myosotis et les menthes
Et les libellules pimpantes,
Les fiers iris violacés
Et les amoureux enlacés :
Plus loin, s'en souvient-elle encore ?
Elle baise le muffle roux
Des grands bœufs penchés à genoux,
Au bord des prés baignés d'aurore.
Son cours à peine inquiété,
Tout obstacle qui l'écartèle
Est épousé, est emporté.
D'où s'en vient-elle ? Où s'en va-t-elle ?

Ce flot incessant et subtil,
D'où s'en vient-il ? Où s'en va-t-il ?...
De l'inconnu vers le mystère !...
Elle court, l'eau de la rivière,
Elle coule comme le Temps,
— Vite arrivée et vite enfuie, —
Comme s'écoulent les instants,
Tous les instants de notre vie !

## L'AILE QUI S'OUVRE

Aile blanche éployée en la splendeur du ciel.
La voile s'est gonflée, a tendu les cordages,
Et, répondant à de mystérieux appels,
La barque a pris son vol vers de lointains parages.
Le beau départ, dans la joie et dans le soleil,
Dans le jaillissement de l'eau diamantée
Et dans la pureté de l'aube et de l'éveil,
Le radieux départ vers la Terre Enchantée !...

Le vent monte, la voile fuit à l'horizon,
S'efface... disparaît !... Lorsqu'elle est revenue,
Ombre dans le couchant, une triste chanson
Modulait doucement sa plainte continue
Dans la mâture, et, sur des flots rouges de sang,
Vers le port lentement voguait la barque noire ;
Une brume aveuglait le phare blêmissant
Dont les rayons mouraient en des pâleurs d'ivoire....

Oh ! Les regrets et les retours,
Les souvenirs, les fins de jours,
Et le vent de mer qui chantonne
Sa plainte douce et monotone !

## *MAL DE VIVRE*

Pourquoi, certaines fois, souffre-t-on tant de vivre ?
Les bras des arbres morts sont tordus sous le givre,
Figés
Dans la crispation de gestes érigés
En appels vains, vers le ciel inclément et vide.
Le vent bleuit les chairs livides.
Lambeaux sinistrement tissés d'ombre et de nuit,
Le vol fantasque des nuages fuit,

Déchiqueté par les rafales,
Dans l'ouragan hurlant sa folle bacchanale.
Rigide sur la route, un oiseau noir
Donne froid de le voir,
Pauvre petite chose morte...
Et là, sur le pas de ma porte,
Pauvre petite chose morte,
Un amour, dans le jour blafard !...
La pourriture sous le fard,
Les rouges lèvres impudiques,
Les rouges baisers spasmodiques
Qui distillent le sûr poison
De mensonge et de trahison !

L'incurable tristesse, oh ! la tristesse immense
De qui franchit le seuil où reste l'Espérance
Non par-delà la mort, mais, hélas, ici-bas !
Penser aux êtres chers qu'on ne reverra pas,
Qui dorment leur sommeil éternel sous la terre,
Gardant un peu de nous aux plis de leur suaire,

Et puis, se réveiller un jour s'apercevant
Qu'on vit avec les morts plus qu'avec les vivants !
Si l'on regarde en soi, trouver tarie
La source d'où coulaient les larmes, défleurie
La plante qui portait la fleur Illusion...
La tristesse creusant au front le sillon sombre
Où le rêve craintif va se blottir dans l'ombre....
A quoi bon !...
Va, compte les plaies de ton âme, plonge
Un long regard dans le Néant, et songe
Au doux repos berceur qu'offrent ses larges bras ;
Vers lui, pâle et fervent, marche donc pas à pas...
Le Bonheur serait là ?... Et la mort nous délivre ?...

Pourquoi, certaines fois, souffre-t-on tant de vivre ?

## *L'AME DU SOL NATAL*

*A Ad. Van Bever.*

La terre où sont nos morts doucement nous attire ;
On y entend les mots qu'ils se plaisaient à dire
Sangloter dans la brise ou tomber des clochers ;
L'écho de leur voix dort dans le flanc des rochers,
Et notre voix n'a qu'à parler pour qu'il réponde.
Ici, là, et partout, leur souvenir abonde :
La ligne des coteaux qui ferme l'horizon,
La silhouette de ces bois, la floraison

Enluminant les prés où le ruisseau paresse,
De leurs regards éteints ont gardé la caresse.
Le sentier porte encor l'empreinte de leurs pas
Que tant d'autres, venus depuis, n'effacent pas.
Leur substance a nourri la substance des choses :
Vivace, elle renaît parmi ces fleurs écloses...
Et ce ne semblerait nullement surhumain
De les voir nous sourire au détour du chemin !
L'âme du sol natal est faite de leurs âmes,
Et nous aimons ce sol comme nous les aimâmes !
Et plus loin, par-delà ces souvenirs pieux,
Chers souvenirs où vient briller l'éclat joyeux
De nos premiers ébats, et toute l'allégresse
De notre délirante et vibrante jeunesse
A l'appel de la Vie ouvrant pour nous ses bras,
Plus loin, tout un passé glorieux de combats,
Glorieux de travail, où peinèrent les hommes
Dont l'effort fit de nous ce qu'aujourd'hui nous sommes,
Et de ce sol sacré ce qu'il est aujourd'hui...
Passé qu'un mot de nous éveille dans sa nuit,
Et qui nous berce de chansons très anciennes

Où nous trouvons notre âme identique à la sienne !
Pour tout cela, quand sonne l'heure du déclin,
Quand se ternit l'éclat dans le ciel opalin
De notre étoile, et que bientôt sa flamme expire,
La terre où sont nos morts doucement nous attire ;
Plus paisible y sera notre dernier sommeil...
Un jour, un inconnu, à nous-mêmes pareil,
Ecartera la ronce envahissant les dalles ;
Son geste effeuillera quelques rares pétales ;
Il cherchera le nom sur la pierre gravé.
Devant le paysage où nous aurons rêvé,
A son tour il suivra le vol de sa pensée...
Lors, la vieille chanson lentement cadencée,
La Chanson du Passé errante dans le vent
Modulera pour lui son rythme captivant :
Et s'il sait écouter, il y pourra surprendre
L'écho de notre voix, mélancolique et tendre,
Fondue en un choral doux, grave, harmonieux,
Fait de toutes les voix de nos lointains aïeux !

## *DES MOTS*

Des mots, des mots... C'est une voix qui a parlé...
Des mots... souffle léger, impondérable, ailé,
Mais désormais plus que l'airain indestructible,
Car les ondes de sa sonorité flexible
De leur frémissement émeuvent l'Infini !
Le mot que l'on a dit ne peut être aboli,
Et d'écho en écho propagé, d'onde en onde,
Penètre peu à peu les profondeurs du monde.

Il est épée, il est bélier ;
Comme Samson ébranlant les piliers,
Il fait sous son effort écrouler les vieux temples
Que nos yeux effarés et grands ouverts contemplent !
Le mot le plus indifférent
Peut se muer en conquérant ;
Il tombe d'une lèvre vaine :
Quelle oreille d'amour, quelle oreille de haine
Aujourd'hui le recueillera ?...
Demain, demain, quel écho le répétera ?...
Plus tard... on verra que cette semence
Aura vivacement germé dans le silence ;
Flottant sur l'océan, la plaine ou la forêt,
Le mot, au moindre appel, à vibrer se tient prêt,
Et l'âme qui l'entend se dégage du voile
Dont la couvrait la nuit aveugle et sans étoile,
Miroir terni
D'où le plus léger souffle aura soudain banni
La buée : il l'efface,
Et l'eau limpide reparaît à la surface.
Oh ! Le mystérieux et l'étrange pouvoir !

Comme, les soirs d'été, dans l'ombre du flot noir
Un geste fait jaillir des gerbes d'étincelles,
Il fait éclore en nous des lumières nouvelles ;
De la gangue où l'esprit était tenu captif
Il le délivre, et l'esprit attentif
Par les chemins ardus a désormais un guide
Pour conquérir la Vérité splendide.
Vertu des mots évocateurs
Qui suggèrent, ou s'imposent, dominateurs !...
C'est que le mot contient l'idée,
La cavale que nul caveçon n'a bridée,
Qu'elle romprait, s'il tentait de la contenir,
Que nul baillon n'empêche de hennir,
L'idée impérissable et puissamment féconde,
La force qui pétrit à sa guise le monde !

## *DES VOIX SUR LA MER*

Les paroles ne sont pas vaines,
Les paroles ne meurent pas :
Ecoutez les brises lointaines
Pleines de clameurs et de glas !
Au bercement des nefs hautaines,
Sur les mers, au rythme des flots,
Jadis les hardis capitaines
Chantèrent, et les matelots :

Chanson des chercheurs d'aventure,
Chanson d'amour sous les ciels bleus,
Chanson du vent dans la mâture,
Chanson d'espoir, chanson d'adieux !...
Cris de joie et cris d'agonie,
Cris de pitié, cris de fureur,
La formidable symphonie
De la conquête et de l'horreur,
Le tumulte des abordages,
Et les plaintes, et les sanglots,
Et les sifflements des cordages,
Sur les mers, au rythme des flots
Que le vent brise, berce et roule,
Depuis des jours, depuis des ans,
Suivant le gré mouvant des houles,
Sur les immenses Océans
Courent sans fin, courent sans trêve....
Faible et charmeresse rumeur
Qui paresse le long des grèves
Où la lame s'étale et meurt
Par les nuits calmes et sereines ;

Lorsque l'effort des ouragans
Fait craquer, gémir les carènes,
Bonds affolés, extravagants,
Ricochant des flots aux nuées,
Heurts de hurlements insensés,
Tandis qu'une cloche obstinée
Tinte le glas des Trépassés !...
Chercheurs ivres de l'Inconnu,
Aux reflets d'or dans leurs yeux fauves,
Combien en est-il revenu,
Joyeux dans l'aube qui rénove,
Tristes dans l'ombre du couchant ?
Quels autres ont conquis des mondes
Du Verbe et du Glaive tranchant,
Ou dorment dans les eaux profondes ?...
Ils ne sont plus, les matelots
De jadis, ni les capitaines....
Mais leurs voix vivent sur les flots !
C'est pourquoi les brises lointaines
Sont toujours pleines de sanglots,
De chants d'amour, de cris de haine,

De clameurs d'angoisse, et de glas....
Les paroles ne sont pas vaines,
Les paroles ne meurent pas !

## *SURVIE*

*A Victor-Emile Michelet.*

En notre âme survit l'âme de nos aïeux,
Et dans notre pensée inconsciente, obscure,
La leur renaît et sourdement se transfigure,
Et le reflet de leur regard luit dans nos yeux.

Tu vibras à l'écho de chants prodigieux,
Comme la corde au vent qui gonfle la voilure,
Et, ton songe éployant sa surperbe envergure,
Tu partis avec lui vers l'Espoir merveilleux.

Ceux dont tu viens, scrutant dans la forêt profonde
Les cercles inconnus et l'énigme du monde,
Vers le même idéal guidaient le même espoir.

Donc, les grands Celtes bleus t'ont marqué de leur trace.
Et ta voix à jamais clamera dans le soir :
Elle contient l'appel éternel d'une race.

*10 Avril 1908.*

## *PARFUMS ERRANTS*

*Pour Mlle Marthe Dupuy.*

Oh ! charme évocateur d'anciens parfums aimés,
Vivants parmi la mort apparente des choses,
Courants subtils errant par les airs embaumés !
N'est-ce pas que la brise, en effleurant les roses,
Emporte sur son aile un peu de leur beauté ?
Sous les chênes pensifs et noyés de mystère,
Oh ! la sérénité des belles nuits d'été !...
Douceur, apaisement épandus sur la terre...

Le clair de lune aux pas légers et argentés
Voltige étrangement et danse dans les branches,
Ronde falote au sein des grands bois enchantés,
Opalines lueurs, fluides formes blanches,...
Les parfums rencontrés au détour du chemin
Et qui font palpiter les narines peureuses,
Marquent peut-être le sentier aérien
Qu'en son vol a suivi l'âme d'une amoureuse !

Comme de vieux airs ingénus
Appris au temps de la jeunesse,
Les parfums que l'on a connus
Et qui vous étaient des caresses,
Lorsqu'on les retrouve, flottants
Dans la brise que l'on respire,
Evoquent les lointains antans,
Et font songer, ou font sourire.
Sur les plus beaux instants, l'oubli
Etend ses longs voiles nocturnes

Qu'il épaissit de lourds replis :
Ce sont des cendres dans des urnes
Où le Temps effaça le nom jadis gravé.
Au hasard d'un parfum qui passe,
Le voile obscur est soulevé...
Voici que ressurgit, vivace,
Tout un monde qui semblait mort...
Un paysage où vint s'ébattre notre enfance,
L'étang mystérieux dont nous suivions le bord
En rêvant sous la lune, ou, dans le grand silence
Des nuits, la vaste grève où nous avons aimé !
Oh ! Douceur du Passé un instant ranimé...
Et ce baiser furtif et frôleur sur la joue...
Et la fuite de l'heure en la lumière floue !

## *LES SONS LOINTAINS*

Charme des sons lointains, affaiblis et voilés,
Errant plaintifs et doux sous les cieux étoilés ;
Murmure langoureux et frisson de caresse,
Chanson des longs baisers qu'un souffle de tendresse
D'âme en âme et d'écho en écho, lentement,
Prolonge avec ferveur et indéfiniment ;
La flûte de Daphnis et le chant d'Ophélie ;
Le roseau de l'étang qui sous la brise plie...

Sons lointains... souvenirs lointains.
Contours flottants et incertains :
Ils n'ont pas l'âpreté qu'aurait l'heure présente :
Le cœur, frôlé par eux d'une aile caressante.
S'émeut à retrouver ses anciennes amours...
Sons lointains dans les airs baignés de parfums lourds,
Souvenirs revenus des lointaines années...
Ame et parfums des fleurs que la mort a fanées !

## *LES ROIS DE LA PIERRE*

*Au Docteur E.-T. Hamy.*

On n'entend dans la vallée
Que la roche martelée
Résonnant à chaque coup :
Pas une fleur et pas un arbre,
Rien que la pierre et le marbre.
Un site à chasser le loup !

La main de l'homme égalise
Le Haut-Banc et la Falize ;

Ici les carriers sont rois :
Et leur effort émiette
L'imposante silhouette
Des montagnes d'autrefois.

Ils ont taillé la falaise.
Et ce gouffre où l'eau, mauvaise,
Aux luisances vertes, dort
Dans l'obscurité stagnante,
Gouffre, où froide et pestilente
Souffle une haleine de mort.

Quand l'heure vient, mystérieuse et fantastique,
Où sur ce paysage heurté, chaotique,
Le couchant fait danser une brume de feu,
Ils redoublent de coups, passionnés à leur jeu,
Peuple surnaturel de gnômes de légende,
Auxquels, sans doute, un roi formidable commande !...
Et quelle ombre, là-bas, se dresse au haut du roc,

Courant de la Grand'Chambre à l'abrupt Plume-Coq ?
C'est là, dirait-on pas, comme une forme humaine.
Guettant le grand soleil qui par-delà la plaine
Disparaît peu à peu : cheveux embroussaillés,
Sur le corps musculeux des vêtements taillés
Dans une peau de bête ; à la main, une hache
En silex, arme terrible, qui coupe, arrache,
Et qu'un tendon retient à son manche de bois ;
Sans un mot, car il ne possède que la voix,
C'est lui le Primitif, troglodyte farouche,
C'est lui le Grand Ancêtre, et la féconde souche
D'où sont sortis depuis les rejetons humains
Qui transforment le monde au creux de leurs deux mains.
Mais lui, qu'est-il alors ? Avez-vous vu dans l'ombre
Briller des yeux de braise, et cette masse sombre
Qui rampe et s'en vient boire au ruisselet plaintif ?
L'Homme de ce côté lance un regard craintif :
Est-ce l'ours monstrueux qui hante les cavernes,
Redoutable malgré ses airs doux et paternes ?
Est-ce le tigre atroce aux mâchoires de fer,
Ou le troupeau des loups pourchassés par l'hiver ?

Serait-ce le mammouth aux défenses énormes,
Qui va, déracinant les sapins et les ormes
Comme on cueille une fleur au penchant du coteau ?
Entendez-vous monter ces cris vers le plateau ?
Quelle gorge a poussé ces grognements, menaces,
Cris de lutte, défis que se lancent les races ?
Dirait-on pas le vent hurlant dans les forêts,
Le vacarme des flots amoncelés, et prêts
A tenter follement l'assaut de la nuée ?
Qu'est l'homme, être chétif, œuvre mal ébauchée,
Auprès des ennemis qui le guettent, armés
De griffes et de crocs, bien musclés, affamés ?
Pour se défendre, il n'a que ses outils de pierre !...
Mais il vaincra la brute, il vaincra la matière :
Après le long effort des siècles révolus,
Lui seul dominera ; nul n'existera plus
Des monstres qui prenaient la forêt pour alcôve,
Car lorsqu'il contemplait avec ses yeux de fauve
Le soleil qui mourait à l'horizon profond,
L'éclair d'une pensée illuminait son front !

*Carrières de Marquise, 22 Octobre 1895.*

## LA DÉLAISSÉE

Du fond de la nue assombrie,
La neige tombe à flocons lourds ;
Sur la campagne défleurie,
Les bruits de pas s'éteignent, sourds.
Passe au loin une forme humaine :
La bise hurle et se démène
A ses cheveux effiloqués :
En sa marche que rien n'arrête.

Son torse se cambre et halète
Sanglots, et râles, et hoquets !

L'irréparable est fait : et la désespérée,
(Elle aime qui ne l'aime pas ! )
Par Lui abandonnée,
Marche sans savoir où, là-bas !
La douleur tord ses bras et sa face hagarde,
Sa face aux traits violacés ;
Insensible aux flocons glacés,
Elle va, ... telle la Camarde
Hante les rêves angoissés
Que font dans leur sommeil les pâles trépassés !

La neige tombe et le froid pince...
Mais la brûlure des baisers
Ronge encore sa lèvre mince
De longs désirs inapaisés !

Le froid mord et la neige tombe...
Son front moite est décoloré,
D'un blanc livide d'outre-tombe,
Tant la fièvre l'a dévoré !

La neige tombe et le froid glace...
Mais une flamme a consumé,
A rougi sa paupière lasse,
Lasse tant ses yeux ont pleuré !

La neige tombe et le froid pince...
Le vent fou cinglant ses cheveux,
Comme à la forge un brasier grince,
Grésille en sa poitrine en feu !

Et la neige étend son linceul
Sur la campagne défleurie ;

Ensevelit la fleur flétrie.
La frêle fleur d'amour... Mais seul,
Sous la glace et la neige blanche,
Au moment où la mort se penche,
Sinistre, la touchant du doigt,
Et cueille cette âme blessée,
Seul, en la morne délaissée,
Le cœur, le pauvre cœur, est tout transi de froid !

# LES PIERRES HANTÉES

# *LE CRÉPUSCULE SUR LE PARC*

Dans la fraîcheur du soir le feuillage s'endort,
Frissonnant sous un ciel teinté de cuivre et d'or
Vers le Couchant, tandis qu'à l'Orient limpide
Il vêt sa robe d'émeraude translucide,
Où scintille la pâle Vénus, précurseur
Du clair fourmillement des étoiles, ses sœurs.
La forêt se profile au ciel en ombre vive ;
Une brise frôleuse, et molle, et fugitive,

Mêle sa tiède haleine au triste et long soupir
Exhalé par le Parc avant de s'endormir.
L'âme mystérieuse et divine des roses
Palpite obscurément hors des corolles closes,
Et répand des parfums embaumants, plus subtils
Qu'à l'heure où le soleil embrase les pistils.
Les vols silencieux des chauve-souris ivres
Zigzaguent follement, ardents à se poursuivre,
Et voici, caresseurs et troublants à leur tour,
Les vols voluptueux et surchargés d'amour
Des baisers échangés à cette heure propice.
L'ombre vient ; mais avant que le Parc s'assoupisse,
Le Merle doucement module son adieu ;
La flûte de cristal se taît ; puis sur ces lieux
La Nuit, l'immense Nuit surgit enfin, et chasse
Le Jour enfui à l'horizon.... et qui s'efface...

## *LES PIERRES QUI ONT VU*

Les pierres qui ont vu gardent le souvenir.
Des yeux, jadis, se sont fixés sur elles,
Des yeux que la mort vint ternir ;
Tandis que se voilaient les vivantes prunelles,
Leurs reflets, leurs regards adoucis et pâlis
Ne se sont pas éteints, lueurs, lueurs tremblantes,
A l'heure où l'ombre des beaux soirs ensevelit
Les pierres qui ont vu sous les plis de sa mante.

Elles ont entendu des voix...
Et la Mort a scellé les lèvres de ces bouches ;
Mais les paroles d'autrefois,
Graves, ou tendres, ou farouches,
Dorment au flanc des pierres, et souvent
De sa prison l'écho s'élance :
Les pierres longuement murmurent dans le vent
Aux heures où la nuit les drape de silence !
Un peu de nous survit aux endroits familiers
Où sont écloses nos pensées :
Qu'il découronne les piliers,
Effondre les voûtes lassées,
Efface peu à peu les formes, les contours,
Le Temps ne peut tuer ce qui vit dans les Choses,
Leur âme, qui s'est faite jour à jour
Des âmes d'autrefois dans les pierres encloses.
Regardez-les, écoutez-les :
La tunique de lin de la Mélancolie
Vêt de mystère la splendeur des vieux palais
Et de douceur l'éclat de la fresque pâlie ;
Des formes passent, çà et là ;

L'herbe s'écrase et la fougère ploie
Sous d'invisibles pas ; une fleur oscilla
Sur sa tige ; un pétale de soie
Tomba sous un frisson de l'air
Comme au vent d'une robe ;
Des ombres par instants traversent le ciel clair ;
Dans les coins où le jour se dérobe,
C'est un chuchotement confus de mots pressés :
Pour mieux les écouter, oh, fermons les paupières...
Tendres chansons, soupirs plaintifs, furtifs baisers...
Oh ! Combien le Passé vit dans les vieilles pierres !

## L'HORLOGE DU PARC

Un lourd silence pèse, épandu sur le parc,
Sur les pâles Vénus et les Amours dont l'arc
Fut brisé par l'hiver, et sur les dieux de marbre
Qui rêvent esseulés à l'ombre des grands arbres.
Le gai ruissellement des gerbes d'eau s'est tu :
Dans le bassin verdi, de mousses revêtu,
Le silence inquiétant et froid de l'eau dormante...
Un fantôme d'amant, un fantôme d'amante,

Murmurant de doux mots d'amour qu'on n'entend pas,
Par les allées s'en vont au hasard de leurs pas,
Sur l'épais tapis d'or jeté par les automnes.
Dans la lueur du jour déclinant qui frissonne...

Un silence de mort pèse sur le Passé
Qui vécut là, et sur le geste enfin lassé
De la Cariatide aux durs muscles de pierre,
Que d'un effort tenace aux murs scelle le lierre.
Oh ! Le silence formidable et solennel,
Suaire obscur tissé de mystère éternel,
Enveloppant les parcs désolés, les ruines...
Troublante solitude où le passant devine
Que les morts ne sont pas si morts que l'on croirait,
Que chacun d'eux peut-être à ressurgir est prêt !...
Et tressaille soudain, tenaillé d'une angoisse...
Un bruit... non, ce n'est pas une feuille qu'il froisse
Sous son pied... ce n'est pas la bise qui gémit
Dans les grands châtaigniers dont le vieux tronc frémit,

Ni le bois sec qui craque et heurte le branchage,
Ni le geai qui s'envole avec son cri sauvage...
Mais un râle grinçant, asthmatique, essoufflé,
Suivi d'un tintement lent, sinistre, fêlé...
L'Heure !... L'Heure qui fuit et que l'horloge pleure
Malgré la rouille et les rouages rongés... l'Heure !...
Tout ce qui reste ici encore de vivant,
Que pleure tristement l'horloge dans le vent !

Oh ! lorsque tout est mort, les hommes et les choses,
Le parfum des amours et le parfum des roses,
Tout ce qui fut jeunesse, et sourire, et beauté...
Sur ces lieux, du silence accoutumé royaume,
Ce mécanisme usé scandant l'Eternité,
Et mesurant le Temps aux ombres, aux fantômes !...

## *LES CHARMETTES*

Murs décrépits, rongés, et tentures fanées ;
Meubles boiteux, glace ternie et fauteuils las ;
Relent évocateur des heures en-allées ;
Seuil creusé sous les pas des rapides années
Dont chacune en fuyant vint y sonner un glas...

Sur les pastels, toute lumière évanouie ;
Le regard des portraits obscurément voilé ;

Les contours imprécis des figures pâlies ;
Une onde de tendresse et de mélancolie ;
Et l'écho d'un soupir tristement exhalé...

Le clavecin muet, sa paix harmonieuse
Que trouble dans la nuit un craquement discord ;
Dans l'ombre de l'alcôve une forme peureuse...
Oh ! craignez d'éveiller cette âme insoucieuse
Sous le clavier d'ivoire où, sans doute, elle dort !

Quoi de morne ici-bas comme la mort des choses !
Il est vide, il est froid le joyeux nid d'amour,
Ses vivantes clartés en une tombe encloses...
Mystère des coffrets anciens, et pleins de roses
Ravies depuis longtemps à la splendeur du jour !

# *H. M. S. WORCESTER*

*A Mme Wilson-Barker.*

Le vieux navire a pris enfin ses Invalides,
Au repos, loin des flots mouvants, des flots avides
Qui font du plus superbe une épave sans nom...
Et dans cette embrasure où jadis un canon
Se tenait aux aguets, hideusement, dans l'ombre
D'où giclaient des reflets clairs sur le métal sombre,
D'où jaillissaient aussi la Mort et la Terreur,
Aujourd'hui, vous avez fait éclore une fleur...
Si bien, que sur les eaux calmes où il se mire,
Le vieux grognard, inoffensif, semble sourire.

*Off Greenhithe, 29 octobre 1905.*

# *LUNÉVILLE*

*A Madame la Duchesse de Magenta*

Pourquoi ne pas laisser dormir les souvenirs ?...
Avec des grincements de rouille, l'Heure sonne
A coups pénibles, lents, sonne à n'en plus finir,
Au Château qu'à son gré déjà le Temps façonne...

Dans le flamboiement rouge et les rayons cuivrés
Du couchant, il renaît à sa splendeur ancienne :
Les stigmates sournois que les ans ont ouvrés
Sont effacés par une main magicienne.

Les fenêtres, petits carreaux et meneaux blancs,
S'embrasent de reflets, et l'on voit... l'on devine
Toute une cour en falbalas étincelants,
Et des galas, des menuets, des mandolines...

Et des mouches, du rouge, et des cheveux poudrés...
Petits abbés, petits marquis, et chefs d'escadre,
Et maréchaux de camp, dorés, moirés, pourprés...
Les portraits seraient-ils descendus de leur cadre ?

La nuit, le clair de lune erre sur les Bosquets :
La brise doucement berce l'encensoir frêle
Des fleurs en ce jardin français, dont les bouquets
Balancent leurs parfums discrets qui se révèlent.

Qu'ils sont immenses, les vieux arbres ancestraux !
A grand'peine un rayon perce leur dôme sombre
Pour se poser sur une Nymphe ou un Héros,
Dont la blancheur de marbre illumine un coin d'ombre.

Plus blancs, sur le bassin parcouru de frissons,
Voguent silencieux des cygnes de légende :
Sans doute, ils vont, au son des luths et des chansons,
Vers les Iles d'Amour festonnées de guirlandes.

On se penche sur le miroir tremblant de l'eau :
Quel est donc ce reflet ? L'image paraît double ?
On se retourne... Rien ! Vains fantômes, halos,
Dans notre âme pourquoi verser ainsi le trouble ?

C'est vous qui nous grisez au charme captivant
Des lieux que vous hantez : car mortes sont les choses !
Et vous fuyez comme une feuille au moindre vent,
Et vous vous envolez comme un parfum de roses

Nous crûmes un instant que vous viviez encor
Et que nous saisissions le Passé dans sa fuite,
Trompés par ta magie, ô séduisant décor !
C'était du Rêve. . Il s'est évanoui bien vite !

Le vrai, c'est le Château jour à jour effrité,
Et que bientôt les frondaisons insouciantes
Engloutiront sous leur royal manteau d'été,
Comme nos souvenirs, sous les heures dolentes
Dont l'horloge en grinçant sonne la chute lente !

# *FALKLAND*

*A Lady Murray.*

L'herbe a beau pousser dru sur les murs écroulés.
L'automne vêtir d'or ces lieux ensorcelés
Et la mousse habiller de velours les courtines...
Les souvenirs de sang dorment sous les ruines,
Les souvenirs de mort hantent les vieux donjons ;
Et la brise du soir, en frôlant les ajoncs,
Chante plaintivement de tragiques légendes
Qu'en se les transmettant les hommes font plus grandes.

Où l'on entend des noms de rois et d'assassins
Tinter farouchement ainsi que des tocsins.
Ce furent des témoins de plaisirs et de crimes,
Et l'on croit reconnaître encore des victimes
Parmi ces médaillons que le temps mutila...
Oh ! c'est là qu'est écrite l'histoire, c'est là !
Elle y revit dans ses horreurs et dans ses gloires !...
Mais sur ce vieux palais, sur ces murailles noires
Il passe des reflets de jeunesse et d'amour
Cependant, lumineux et très doux... C'est qu'un jour,
Où le printemps chantait sa joie et son délire,
Mary Stuart les caressa de son sourire !

# L'AME DES TRIANONS

I. M.

C. M. M.

Ce poème a été interprété pour la première fois par Mlle GILBERTE DERETZ, du Gymnase, et M. HENRI COSTE, de l'Odéon.

# *L'AME DES TRIANONS*

*Une fête dans le parc des Trianons sous Louis XVIII. C'est la fin d'un beau jour d'été. En un rond-point de charmille, des bancs de marbre et des statues surgissent, blancs dans la pénombre. Une pièce d'eau est auprès. Au loin, un Pavillon où l'on distingue un mouvement de personnes qui dansent, et d'où vient mourir le son des violons scandant des airs de menuets.*

---

*(Le Comte et la Marquise entrent vivement. La Marquise s'évente avec précipitation et se laisse tomber assise sur un banc de marbre).*

LA MARQUISE

Danser un menuet à mon âge !... Folie !

LE COMTE

A votre âge ? Jamais vous ne fûtes jolie
Avec autant de charme et de grâce...

LA MARQUISE

Flatteur !
Je me sens lasse, lasse.... et cette pesanteur,
Avouez-le, contraste avec l'humeur légère
Qui m'a fait oublier que je serai grand-mère
Avant longtemps :
Elles sont loin, mes jambes de vingt ans !

LE COMTE

Non ! Vous êtes toujours la petite marquise
Exquise,
Qu'un jour semblable à celui-ci
Je menai par la main, en amoureux transi,
Dans le grand parc aux ombres douces,
Après avoir dansé sur l'herbe et sur la mousse,
Un menuet, comme aujourd'hui...

LA MARQUISE

Et les années ont fui...

LE COMTE

Vous en souvenez-vous encore ?

LA MARQUISE (*très impressionnée, à part*)

S'il m'en souvient !

LE COMTE

Je crois vous revoir : Terpsichore
Dut jalouser vos pas légers !
Vous étiez en bergère et j'étais en berger.
La Reine présidait cette fête galante...

LA MARQUISE (*tristement*)

La Reine !

LE COMTE

Et vous, toute tremblante,
Mais rose de bonheur, petite fleur d'amour,
Faisiez votre entrée à la cour.

LA MARQUISE *(avec mélancolie)*

Oui, ce jour là, je fus heureuse !

LE COMTE

Nous l'étions tous ! Qui donc eût prévu l'heure affreuse
Dont le glas vint sur nous tinter sinistrement !...
Voyez, pourtant... Voici le Versailles charmant,
Et les deux Trianons pomponnés et graciles
Où les Amours. les Ris, tiennent leurs gais Conciles
Comme il y a trente ans !... C'était hier !
Votre succès fut grand, et je m'en montrai fier,

Moi, votre cavalier depuis une heure à peine,
Et je saisis l'aubaine
D'une idylle d'un jour avec votre candeur.
Je débitai quelque fadeur
Comme l'Almanach en fourmille,
Et je vous entraînai vers un coin de charmille.
Fut-ce l'émoi de votre petit cœur ?
Je sentis fondre mon bel air vainqueur,
Et, comme le parfum s'exhale des corolles,
De mon âme, à présent, s'exhalaient mes paroles.
Je vous jurai d'éternelles amours :
Une fleur prise à vos atours
Et mon ruban d'épée en devinrent le gage...
Je n'ai rien oublié de cet enfantillage
Délicieux...

LA MARQUISE (*se lève et montre un ruban à son poignet*)

Voici votre ruban.

LE COMTE *(surpris et très ému)*

Marquise !

LA MARQUISE

*(Elle se dirige vers un arbre qu'elle désigne)*

Et de ce même banc
Où nous étions assis, de ce vieux banc de marbre
Nous nous sommes levés, et puis sur ce même arbre
Nous gravâmes tous deux nos deux noms... Les voici !

LE COMTE

Mais pour vous souvenir ainsi...

LA MARQUISE *(souriant)*

Je n'ai rien oublié de cet enfantillage !...
Malgré les ans, malgré les atteintes de l'âge,
*(Geste de protestation du Comte)*
Oui... je restai l'enfant que je fus ce jour-là !

LE COMTE

Que dites-vous !... Je n'ai pas deviné cela !
Et j'ai passé près du bonheur sans le connaître ?...

LA MARQUISE

Votre amour s'envola comme il venait de naître :
J'ai cru qu'il n'était jamais né.
Beau papillon doré, brillant, enrubanné,
Pour vous, je ne pouvais être qu'une fillette
Que l'on oublie en fredonnant une ariette...
Vous aviez le renom, Monsieur, d'un garnement !
Moi, je voyais en vous le beau Prince charmant
Qui, la nuit, au couvent, venait hanter mon rêve...
Cette minute me grisa ! Elle fut brève..
Son souvenir vécut au foyer refroidi
De mon vieux cœur.

LE COMTE

Je fus toujours un étourdi !

LA MARQUISE

Ce ne fut pas non plus tout-à-fait votre faute...

LE COMTE

Si ! Si ! je puis m'accuser à voix haute
Et dire un repentant « Mea culpa » !

LA MARQUISE

Qu'auriez-vous fait ?... Quand la tourmente dissipa
La joie insouciante et la douceur de vivre
Où nous nous complaisions, et que sa voix de cuivre
Eut tôt fait d'étouffer nos fragiles pipeaux !
Les brillants oripeaux
D'Amaryllis et de Clitandre
Souillés de sang, la chanson tendre
Conclue en hoquet d'agonie, il n'était plus,
Aux tourbillons de cet horrible flux,
De place pour le rêve et les espoirs magiques :
Les amours de ce temps sont des amours tragiques !

LE COMTE (*concentré*)

C'est vrai ! Je partis à la chasse au Bleu !
Et je peux me vanter, morbleu !
D'avoir plus d'une fois traqué la bête,
Tandis que rugissait comme un vent de tempête
La fureur de mes gars déchaînés et hurlants,
Que la glèbe était pourpre et les soleils sanglants !..
J'appris que vous étiez quelque part en Europe...
Puis, plus rien... A mon tour, le Destin m'enveloppe
De ses rets : harcelé bientôt par le besoin,
Tous mes biens confisqués, notre Prince trop loin,
Impuissant devant les armées de Buonaparte,
Je mangeai des brouets qu'on ignorait à Sparte ;
Je vis Berlin :
Je n'avais pas un fifrelin !
Londres me vit : et, sans reproche,
Je n'avais pas un penny dans ma poche !
Et par delà Pontoise, et par delà le Pecq,
Je vis Moscou,... sans voir la couleur d'un copeck !

Ainsi, je crois, j'aurais atteint le Gange,
Insoucieux, non sans raison, du taux du change !
Ce fut une épopée ou plutôt un roman,
Mais vaguement, très vaguement
Roman comique....
Et je vécus une existence .. économique !

## LA MARQUISE

Au moins n'avez-vous pas connu l'horreur
Des masques grimaçant de haine et de fureur,
Qui dès l'aube clamaient de farouches matines,
Et hurlaient à la mort devant la guillotine !
Au moins n'avez-vous pas connu le brusque arrêt
Du cœur, en écoutant comme le couperet
Tomber un nom, et puis, la seconde suivante,
Un autre nom, qu'un souffle d'épouvante
Aux échos des cachots heurtait sinistrement !
Oh ! l'angoisse... le serrement
Qui vous brisent, quand le jour luit
Sur des cheveux devenus blancs pendant la nuit !

Oh ! combien d'êtres chers j'ai vu tomber victimes !...
Avec usure ils ont payé la rouge dîme !
*(Une larme tremble à ses cils)*

LE COMTE *(doucement)*

Détournez vos regards de ces sombres tableaux,
Marquise ! Ils sont éclos
Au cours d'un cauchemar : le réveil les dissipe.
On dirait que le parc tout entier participe
Au grand calme qui suit l'ouragan : embelli,
Semble-t-il pas vouloir nous inspirer l'oubli
De ces néfastes jours ? Sentez-vous pas la brise,
Dont le souffle embaumé de parfums flatte et grise
Les fleurs, et caresse le front des vieux manoirs ?
Son coup d'aile a chassé tous les papillons noirs !

*(La nuit tombe. Le pavillon du fond s'illumine, et les violons recommencent à scander le rythme d'une danse ancienne).*

Au renouveau d'espoir que votre âme se livre...

*(Désignant le pavillon)*

Voilà les souvenirs qu'il faut revivre :
Voilà l'insouciance et la gaîté d'antan...
Le reflet de l'étoile est calme sur l'étang...
La blancheur des statues s'est remise à sourire,
Et les Faunes, dans leur délire,
Poursuivent sous les bois les Nymphes au pied nu....
Ah, Marquise ! voilà le bon temps revenu !

LA MARQUISE

Non, notre vie est une,
Et ce serait une étrange fortune
Qu'en prendre une partie... et d'un mot l'effacer :
Le Passé nous étreint, tout le passé
Que nous avons vécu ; la minute prochaine
Découle de la précédente : à cette chaîne
Pas un chaînon ne manque, et tous sont bien rivés

LE COMTE

Qu'importe ? S'il en est, par nos mains captivés,
Que nous pouvons reprendre !
Il est de chers instants qu'un hasard peut nous rendre.
Voyez : ce cadre est bien le même qu'autrefois,
Et si nous écoutons les voix
Obscures de la Nuit, la chanson qu'elles chantent
A la même grâce touchante
Qui jadis me fit frissonner d'amour....
Et je retrouve tout de ce bienheureux jour !

LA MARQUISE

Tout... sauf notre jeunesse !

LE COMTE

Croyez-vous pas qu'elle renaisse ?
Ne l'avons-nous pas éternellement
Vivace en notre cœur aimant ?

LA MARQUISE

Des mots, des mots, mon pauvre Comte !
Mais il n'y a que la réalité qui compte !

LE COMTE

Mais la réalité, c'est que nous sommes là
Comme par ce beau soir qui nous ensorcela,
Et que nous reprenons l'idylle interrompue !
*(Montrant un buste de Faune)*
Ce Faune nous sourit de sa bouche lippue :
Il se souvient qu'après un galant menuet,
Et tandis que les violons au chant fluet
De loin accompagnaient à mi-voix nos paroles,
Il nous a vu déjà, très graves et frivoles,
Nous asseoir sur ce même banc.
*(Il a pris la Marquise par la main, s'assied auprès d'elle sur le banc et mime le dialogue)*
Et je vous offre ce ruban,
Et vous m'accordez cette rose,
Et vous êtes émue aux choses

Tendres que je vous dis tous bas !
En votre sein, de doux combats
Se livrent, rosissant la fleur de votre joue :
Une mouche assassine s'y joue,
Et, s'inclinant vers le baiser, le beau lys blanc
Qu'est votre front tremblant
Apporte son parfum à ma lèvre tendue...
Toute une joie immense ainsi nous est rendue !

*(Elle a penché la tête vers lui qui dépose un baiser sur son front)*

LA MARQUISE

L'Amour est un magicien...
Mais ce bonheur n'est pas le bonheur ancien :
Il ne peut le ressusciter ! Et sa féerie
S'arrête ici : ruban fané, rose flétrie.
Ce parc vous semble le même ? Non pas !
Car sur le sable de l'allée il est des pas
Dont rien jamais n'effacera l'empreinte,
Et, sans un peu de crainte,

Pourrions-nous écouter la chanson de la Nuit,
Alors qu'il s'y mêle aujourd'hui
Des voix pâles, des voix plaintives,
Et que des ombres attentives
Traversent lentement le couvert des bosquets ?
Les parterres peignés, les boulingrins coquets,
Les pièces d'eau, le marbre des statues,
Toutes ces choses-là sont désormais vêtues
Du lourd manteau des souvenirs,
Que de ces lieux hantés rien ne saurait bannir....
Les Trianons ont maintenant une âme !...
Vous voyez qu'elle est loin, l'heure où nous nous aimâmes.
Que ce que nous étions, nous ne le sommes plus.
Que nous cherchons déjà l'ombre des disparus
Et l'ombre de notre jeunesse,
En ce parc où nous eûmes un jour l'allégresse
D'en voir la lumineuse floraison !
Regardez par delà cet étroit horizon :
Vous verrez se dresser l'humanité nouvelle ;
Comme un vent d'ouragan disperse les javelles,

Son souffle a dispersé
Aux quatre coins du vieux monde bouleversé
L'essaim de nos vieilles idées....
Pauvres vieilles, falotes et ridées !
Les apparences sont trompeuses. Croyez-moi :
Le roi n'est plus le roi !
Ici, le bonheur fut précaire,
Et Trianon est à jamais le reliquaire
Pieux, qui gardera dans son sein oppressé
Un peu de notre Histoire et de notre Passé !

LE COMTE (*grave*)

Il semble que sur soi mon âme se replie
Devant le spectre gris de la Mélancolie,
Comme certaines fleurs referment l'encensoir
De leur calice frêle à l'approche du soir...
Fou... qui songeais à rire où la Tristesse rôde !

LA MARQUISE (*souriant tendrement*)

Nous avons remué de la cendre encor chaude....

Il y couve toujours quelque reste de feu.
Et l'on risque à ce jeu de s'y brûler un peu !

LE COMTE *(redevenu galant et gai)*

C'est votre faute aussi, Marquise !
La jeunesse à vos traits divins s'immortalise...
A vous revoir, j'ai cru tout proche un temps lointain :

*(Comique)*

Pardon... pour un vieux roquentin !
Et pour me reposer de battre la campagne,
Nous allons, s'il vous plait, boire un doigt de champagne !

*(Il lui offre la main, et tous deux s'éloignent vers le pavillon illuminé).*

# A L'OMBRE DES ARCEAUX GOTHIQUES

## PIÉTÉ DES PREUSES

*Pour Mlle Odette Broussais.*

A la tendre clarté des chapelles castrales,
Sous les profondes nefs des vastes cathédrales,
Jadis, Elles priaient avec grande ferveur,
Abaissant de longs cils sur leur regard rêveur.
Les vitraux s'allumaient de lueurs idéales ;
Les cierges scintillaient, frissonnantes étoiles
Au fond de l'ombre et du mystère de la nuit,
Dans le lointain où lentement s'évanouit,

Après avoir erré sous les voûtes d'ogive,
La voix de l'orgue, formidable et fugitive.
Elles étaient pudeur exquise et pureté :
Le resplendissement des aurores, l'été,
Ne les eût si candidement auréolées
Que leurs voiles légers aux blanches envolées...
Et la foi débordait de leurs cœurs grands ouverts,
Tandis qu'elles songeaient aux ancêtres divers
Qui dormaient du sommeil éternel, sous les dalles
Où l'orgueil des barons et des cours féodales
Avait gravé des noms sonores, des noms fiers,
Qu'en passant effaçaient peu à peu leurs sandales !

# *LE BOURDON DE NOTRE-DAME*

*A M. Charles Ducuet.*

Les monstres grimaçants qui grimpent aux tourelles
Avec leurs doigts crochus, dont les vagues prunelles
Sont des boules de pierre où règne la terreur,
Les rois des temps anciens figés dans leur torpeur,
Ce monde qu'on dirait surpris en pleine vie
Par quelque souffle étrange et froid qui pétrifie,
Semble s'être éveillé tout-à-coup, aujourd'hui ;
Dans les yeux sans regard, une étincelle a lui ;

Sur la rigidité du peuple des statues,
Dans les plis lourds et droits dont elles sont vêtues,
Plusieurs frissons légers lentement ont passé,
Comme, au sortir d'un rêve où surgit le passé,
Un long frémissement court le long de nos veines,
Au souvenir des rires vains, des larmes vaines !
C'est que la voix du bronze a chanté dans les tours
Un chant presque oublié, l'hymne des heureux jours !

Après cent ans de lutte, épuisée et meurtrie,
La France n'était plus qu'un mythe, une patrie,
Râlant sous les talons de fer
Des soudards de Bedford, des routiers de Bourgogne,
Des bandits d'Aquitaine, et chacun, sans vergogne,
Mordait à même en cet enfer.

Mais un éclair brilla, sillonna la nuée,
Et cette France hier encore exténuée
Soudain debout se retrouva ;

Une jeune Lorraine était morte pour elle,
Et le sang généreux de cette vierge frêle
Au cœur du Pays afflua.

Charles sept put rentrer, fier, dans sa capitale,
Et faire palpiter la vaste cathédrale
Au son d'un Te Deum joyeux.
Que la cloche, lancée à sa pleine volée,
Annonçait à la terre autrefois désolée,
Maintenant libre sous les cieux.

Depuis quatre cents ans, ô vieille tour gothique,
Tu laissas bien souvent de l'ogive mystique
Tomber le cri puissant de tes poumons d'airain,
Pour un avènement de quelque souverain
Ou la noble union de deux Maisons royales ;
Tu saluas gaiement les aubes liliales
Où s'épanouissait un enfant nouveau-né,
Portant des fleurs de lys à son front couronné,

Et tu pleuras des glas dans la nuit solennelle,
Quand le vent de la mort frôlait avec son aile
Le faîte crénelé du palais de nos rois.
Quand l'émeute gronda dans les détours étroits
De Paris, où le sang coulait avec les larmes,
Tu hurlas le tocsin farouche des alarmes
Parmi les grincements sinistres des corbeaux,
Qui disputaient leur proie aux pierres des tombeaux !
Tu crias en plein ciel les victoires sublimes :
L'écho les répétait jusqu'aux plus hautes cimes,
Caressant de son souffle ardent les vieux drapeaux,
Qui vibraient de désir pour des combats nouveaux !
Lorsqu'un voile de deuil nous couvrit, la défaite,
Hélas ! nous terrassant, ta voix resta muette,
Car nul accent n'était capable d'exprimer
La douleur où ce peuple alors vint s'abîmer.
Mais un rayon d'espoir à l'horizon s'allume,
Un rayon éclatant qui disperse la brume,
Et tu peux saluer l'aurore de ce jour :
Car si nous éprouvons un renouveau d'amour
Pour Jeanne la Lorraine et sa gloire éternelle,

C'est la patrie, au fond, que nous aimons en elle.
Sonne donc hardiment aux coups de ton battant,
O cloche, et redis-nous les victoires d'antan :
Redis-nous nos héros, ces géantes figures
Qui nous présageront des victoires futures.

*Avril 1894.*

# AUX BORDS DU RHONE

*Hai ! Haut Segnor vees*
*Com petit vos emporteres*
*En terre de ces riches dras !*

SILVESTRE, Trouvère du XIIIe siècle.

*A M. J.-F. Raffaëlli.*

Dormez paisiblement votre dernier sommeil...
En songe, revoyez la clarté du soleil ;
Revoyez les éveils de l'aube frissonnante
Et des couchants de feu la splendeur déclinante ;
Revoyez le décor magique de ces monts
Découpés hardiment sur le ciel, et si blonds
Et si bleus ou si noirs, dans la lumière ou l'ombre,
Et le fleuve onduleux aux méandres sans nombre

Comme une écharpe d'or et d'azur à leurs pieds...
O grands morts, il se peut que vous le retrouviez.
Cela : c'est la Beauté surhumaine des Choses,
Eternelle, en dépit de leurs métamorphoses...
Tout son charme viendrait encor vous émouvoir,
Si vos Ombres flottaient dans les brumes du soir.
Mais écoutez ! Sur vous le Temps verse les heures :
Oh ! Surtout, oubliez le faste des demeures
Où se complut jadis le puéril orgueil
Qui vous hantait, lorsque vous en passiez le seuil !...
Toi qui fus cardinal-légat, toi qui fus pape,
Sous la robe de pourpre ou sous l'or de la chape ;
Et toi qui fus baron sous l'acier du haubert ;
Toi, le Lombard retors, toi, l'argentier expert ;
Fier de ton titre et si jaloux de ta puissance,
Toi, le Prévôt de Monseigneur le Roi de France,
Oubliez vos châteaux sur les cimes dressés,
Couronnés de créneaux, ceinturés de fossés ;
Oubliez vos palais, salles majestueuses,
Et vivant coloris des fresques somptueuses,
Chapiteaux délicats et tympans ajourés,

Vantaux des lourds portails soigneusement ouvrés,
Elancement hardi, nerveux des arcs d'ogive...
Combien votre grandeur fut, ô Morts, fugitive !...
Oubliez, oubliez ! Ne revenez jamais
Errer près de ces lieux où l'on vous acclamait :
Restez ensevelis aux plis de vos suaires !...
Vos palais ne sont plus que haillons de misère :
Une lèpre envahit, ronge les murs noircis,
Et ceux qui vivent là n'en ont point de souci,
Ni de la puanteur montant du sol fétide,
Ni du meneau brisé que quelque loque humide
Déshonore : on dirait d'un bel habit de cour
Qu'un mendiant traîna sur son dos tout le jour,
Rapiécé au hasard des chiffons d'une hotte.
La mansarde est aveugle et l'œil-de-bœuf clignote ;
Le fin profil des chapiteaux est effacé
Sous l'usure du Temps, l'arc d'ogive affaissé,
Et le blason meurtri sur le fronton du porche.
Eût-il pas mieux valu qu'on y portât la torche,
Plutôt que de déchoir, ô monuments vieillis,
Du fier passé dont vous étiez enorgueillis ?

Nous préférons pour vous l'abandon des ruines,
Le lierre dévorant les pierres des courtines
Et la mousse rongeant les degrés disloqués ;
Là, le manteau des souvenirs vite évoqués
Vous a vêtus de charme et de mélancolie :
Un songe passe, et votre splendeur abolie
Renaît à la clarté magique du croissant,
Où vous baignez dans un mystère attendrissant.
O grands Morts qui dormez sous vos statues tombales
Aux plus sombres recoins des vastes cathédrales,
Oubliez, oubliez ! Ne revenez jamais
Errer dans ce qui fut autrefois vos palais,
Et ne dérangez pas les plis de vos suaires...
Gravés profondément aux dalles funéraires
Vos longs titres pompeux s'effacent jour à jour...
C'est l'Oubli !... Oubliez, ô Morts, à votre tour !

Trouvère miséreux vaguant le long des routes
Et divaguant, tout en cassant de maigres croûtes,
Tandis que ton beau rêve engloutissait l'Azur,

Un soir d'hiver, tu finis ton Destin obscur
Au rebord du chemin : sous un tertre anonyme
Ta sordide carcasse a pourri, chose infime,
Modestement, comme il convient à ton état.
Rappelle-toi pourtant ce beau jour où chanta
Dans ton cœur transporté l'ardent désir de vivre,
Et l'heure où la douleur pleura dans ton âme ivre :
De tes lèvres, alors, la strophe prit son vol.
Sous le nez d'un passant qui cria : "Hé !... le fol" !...
Va, tu peux revenir errer de par nos villes :
Chantant la joie ou la douleur en vers agiles,
Ta strophe lumineuse au rythme triomphant...
Tu la retrouveras aux lèvres d'un enfant !

*Avignon, Décembre 1906*

# *LE CHEVALIER AU BARILLET*

*A René Le Choileux.*

Comme un vieux sanglier solitaire en sa bauge,
Dans son donjon que l'œil des aigles interroge,
Bruin le Roux achève avec un morne ennui
Le temps qu'il doit passer sur terre. Or, une nuit,
Comme il ne dormait pas, il aperçut dans l'ombre,
Autour de lui, partout, des fantômes sans nombre
Qui ricanaient. Il reconnut avec terreur
Ceux qu'autrefois, à juste titre ou par erreur,

(Cela ne lui rendit jamais l'âme inquiète,)
Il envoya de vie à trépas. Sur sa tête,
Ceux qu'il avait branchés aux poutres du plafond
Pendaient, et de leurs pieds osseux heurtaient son front
Quand ils se balançaient au souffle de la brise.
Bruin sua d'angoisse, et sa grand barbe grise
Etait blanche lorsque le jour enfin parut.
Cette vision rouge à chaque fois s'accrut
Lorsqu'elle lui revint, sinistre, par la suite.
Bruin le Roux alla consulter un ermite,
Car tout son corps fondait comme neige en avril.
Et l'ermite lui dit : " Prends ce petit baril
" Où je m'abreuve, et va jusques à la fontaine :
" Tu l'empliras. " Bruin, de sa lèvre hautaine
Gronda : " Te gausses-tu ? Ces mots sont des défis... "
Mais l'ermite reprit, très calme : " Va mon fils. "
Son cœur était encor secoué de colère
Quand Bruin approcha le baril de l'eau claire ;
Or, comme il l'approchait, l'eau s'enfuit... ch stupeur !
Il crut être le jouet d'un mirage trompeur...
Il se courba, et dans le lit de l'eau courante

Plongea le barillet avec sa main tremblante...
L'eau s'écoulait autour, et point n'y pénétrait.
Bruin se releva ; son regard s'effarait,
Ses cheveux se dressaient devant un tel prodige !
Il chancelait et semblait pris par un vertige.
Puis, au lugubre éclat de rire qu'il poussa,
Il frémit, tant l'écho qui revint le glaça !
Alors, il poursuivit le ruisseau parmi l'herbe.
Son orgueil en tombant courba son front superbe.
Mais il eut beau marcher : l'eau s'enfuyait toujours,
Et le ruisseau devint rivière au large cours,
La rivière devint à son tour large fleuve
Traversant des cités immenses qu'il abreuve,
Et se perdant enfin au sein de l'Océan.
En vain, toujours en vain, Bruin, le mécréant,
Chaque fois qu'il trouvait une fosse profonde,
Plongeait le barillet rageusement dans l'onde :
L'eau s'écoulait autour, et point n'y pénétrait.
Il se sentit frappé d'un formidable arrêt !
Voyant le flot qui déferlait sur le rivage,
Il s'y rua, poussant un cri rauque et sauvage...

Et le flot recula !... Lors, sur le sable fin,
Lassé, désespéré, s'assit le vieux Bruin.
Il comprit qu'il était au terme de sa route ;
Si cette immensité n'avait pas une goutte
Qui fût pour lui, c'en était fait, et cette fois
Il était bien maudit. Blême et sans voix,
Il se souvint de ses forfaits et de ses crimes ;
Il vit le défilé sanglant de ses victimes ;
Le repentir saisit aux entrailles ce vieux ;
L'eau du cœur lui monta lentement jusqu'aux yeux...
Une larme jaillit de sa fauve prunelle,
Glissa sur sa joue et sa barbe, puis elle
Tomba tout droit au barillet : il regarda...
Le barillet s'emplit soudain, et déborda !

# QUATRE FLEURS SUR DEUX TOMBES

## *L'ADIEU AU CHANSONNIER*

*A Nadaud, le Jour des Morts.*

N'éveillons pas le doux poète,
Paisible en son dernier sommeil ;
Qu'au fond de sa calme retraite,
Sous le froid et pâle soleil,
La brise d'automne lui porte
Ses murmures tendres, et faits
De la chute des feuilles mortes
Et de la plainte des cyprès.

Vous souvient-il combien sa tombe était fleurie
Quand nous avons été lui porter notre adieu ?
Le printemps, fier de sa splendeur épanouie,
Laissait fleurir son sourire de jeune dieu ;
Les muguets parfumés dressaient leurs têtes frêles
Dans l'herbe ; des rayons illuminaient les bois,
Et les oiseaux joyeux dont frémissaient les ailes,
En bâtissant leurs nids chantaient à pleine voix.
Les fleurs se souvenaient qu'il les avait aimées,
Les oiseaux se disaient que c'était un des leurs,
Et parfums et chansons à ses lèvres fermées
Apportaient leurs baisers fervents au lieu de pleurs !

Le bronze est sombre et froid le marbre :
Le poète n'en voulait pas ;
Un tertre abrité sous un arbre,
Et puis l'écho lointain, là-bas,
L'écho de quelque voix amie
Lui consacrant un souvenir,
Aux heures de mélancolie

Où l'on est triste sans souffrir,
C'était la seule et simple offrande
Qu'à ses mânes il souhaitait.
Mes amis, je vous la demande,
Pour lui que nous aimions, pour lui qui nous aimait.
N'éveillons pas le doux poète,
Paisible en son dernier sommeil ;
Semons sur sa calme retraite
Où pâlit un mourant soleil,
Chrysanthèmes et violettes ;
ses vers et chantons ses chansons,
Gamins hardis et gentes bachelettes :
Faisant ainsi, nous suivrons ses leçons...
Le vent d'automne passe, et les lui porte ;
S'il a des rêves, berçons-les,
Au bruit que font les feuilles mortes
Et la brise dans les cyprès.

*5 Mai 1893 — 2 Novembre 1896.*

## *LA MUSE DE LA FONTAINE*

*A M. Jules Truffier.*

Pour femme eut-il une mégère,
Fut-elle coquette ou légère,
Laissa-t-elle brûler trop souvent le rôti,
N'importe ! Mais un jour, on le trouva parti.
Il s'en alla sous la feuillée
Où chantent les rossignolets,
Charmé des joyeux triolets
Qu'à son âme toute égayée
Venaient dire les oiselets.

Soudain il rencontra, sur sa route incertaine,
Une déesse belle et pas du tout hautaine,
L'œil malin, le regard profond,
Aimant les rires francs qui font
Briller trente-deux dents blanches et bien rangées,
L'allure et les façons lestes et dégagées,
Troussant son cotillon parfois follet,
Un peu plus haut que le mollet,
Puis, quand il le fallait,
Sérieuse, mais pas sévère ;
Enfin, et c'est pourquoi je la révère,
Cette Muse parlait un excellent français.
Sans autre forme de procès,
La Fontaine suivit la belle.
Elle lui dit mainte nouvelle
Qu'elle tenait de nos aïeux,
Contes joyeux
Nés sur le sol de notre Gaule.
Et devisant ainsi tous deux à tour de rôle,
Ils arrivèrent à Paris.

La Muse, ayant appris
La langue que parlent les bêtes,
Put faire alors d'instructives causettes
Avec cet animal qui sommeille, dit-on,
Dans le cœur de tout homme,
Fût-il du Danube ou de Rome,
Fût-il docte comme Platon,
Ou stoïcien comme Caton...
La Fontaine écouta la conversation :
Il en fit cette comédie
Qui plus que l'encyclopédie
Contient ce qu'il nous faut savoir ;
Mais les fables sont un miroir
Où chacun reconnaît, en se mirant soi-même.
Le portrait du voisin :
« Ce n'est pas moi... c'est mon cousin ! »...
Et l'on se flatte encor d'une indulgence extrême !

Lorsque l'heure sonna de faire ses adieux
A celle qu'il avait si tendrement aimée,

Avec de doux regrets qui lui voilaient les yeux
En voyant s'envoler sa blonde Muse ailée,
Simple et bon, nous laissant un souvenir ému,
Jean s'en alla comme il était venu.

## *DEUX PIGEONS S'AIMAIENT...*

*Poésie dite au monument de La Fontaine
par Mme Jules Martin.*

*A Madame Jules Martin.*

Ton regard se perd dans la nuit,
Ta pensée errante le suit...
N'en as-tu plus qui m'appartienne ?
Pourtant, ma main presse la tienne ;
Autour de nous les fleurs bercent leurs encensoirs :
Goûte avec moi le charme de ce soir.
L'heure fuit si vite... si vite !...
De celle-ci la douceur nous invite :

Il faut la vivre avarement !
Le rêve est décevant : il ment !
Regarde-les partir, les chercheurs d'aventures :
Vois le démon qui les torture
Et qui les brise, et qui meurtrit leur cœur ;
Il était près d'eux, le Bonheur :
En vain l'ont-ils cherché vers des rives lointaines ;
Ils se sont égarés aux routes incertaines,
Et le Bonheur, à leur retour, est envolé ;
Pleurent leurs yeux, pleure leur cœur inconsolé !
Rappelle-toi : deux pigeons s'aimaient d'amour tendre...
Un tendre amour... A quel plus doux rêve prétendre ?
La Chimère griffue est hideuse de près,
Fille de l'eau dormante et des glauques marais...
Ramène ta pensée errante ;
Aspire la brise odorante
Et fixe tes yeux sur mes yeux :
La plus belle aventure et le but merveilleux,
C'est, à l'appel du dieu quand tout l'être frissonne,
Le baiser qu'on reçoit, le baiser que l'on donne !

## *LE PARC DES ROSES*

*Prologue pour le Théâtre des Roses*
*dit par* Mlle Yvonne Ducos.

### UNE NYMPHE

» Remplissez l'air de cris en vos grottes profondes.
» Pleurez, Nymphes de Vaux, faites croître vos ondes ;
» Et que l'Anqueil enflé ravage les trésors
» Dont les regards de Flore ont embelli ses bords. »
La douceur de ces vers et la mélancolie
Dont le divin poète avait l'âme remplie,
Ont longtemps attristé mon cœur désemparé.
Par les bois, par les champs, j'ai longuement erré.

Les jardins défleuris se sont couverts de ronces :
Elles ont envahi l'échiquier des quinconces,
Elles ont lentement étouffé les massifs
Et déformé la coupe élégante des ifs ;
Plus de parterres, de pelouses, ni d'allées ;
Le cours des eaux s'est égaré dans les vallées,
Tarissant les bassins où l'âme de cristal
De la source chantait un air sentimental,
Et les feuilles d'automne au fond sec de la vasque
Dansèrent une ronde affolée et fantasque.
La mousse a velouté les pierres du château,
Descellant une marche et brisant un linteau,
Et la pluie a terni la blancheur des statues
Dont le Temps mutila les formes dévêtues.
Chers asiles de joie et de frivolité,
Le malheur vous donnait l'auguste majesté,
La tranquille tristesse où dorment les ruines....
Tandis que les sanglots sourdaient dans nos poitrines !

Et lentement, l'une après l'autre, les saisons
Ont coloré diversement nos horizons,

Chaque cycle marquant la fuite d'une année,
Page arrachée au livre obscur des Destinées.

Or, voici les Zéphirs tièdes et parfumés ;
Voici les prés, de mille fleurs soudain gemmés ;
Aux premières lueurs de l'Aurore éveillée,
Voici les gazouillis d'oiseaux sous la feuillée ;
Phébus darde à nouveau ses rayons éclatants :
Voici dans sa splendeur messire le Printemps !
Dans la retraite abandonnée où je repose,
La brise m'apporta l'haleine d'une rose,
Avec l'écho d'un nom jadis accoutumé,
Le nom toujours vivant de mon poète aimé.
Je sentis la douceur d'une fraîche caresse ;
Mon cœur fervent s'émut de joie et de tendresse.
Et j'accourus.... O ciel ! Est-ce point le passé,
Le passé radieux devant mes yeux dressé ?
Ou n'est-ce point, hélas, l'enchantement d'un songe,
Songe fou, songe exquis, adorable mensonge ?
Je revois le beau parc aux arbres merveilleux,
L'ombre rêveuse des taillis mystérieux,

Et les arceaux tremblants de fleurs et de verdure ;
D'une statue ici surgit la forme pure,
Et là, l'urne élancée orne le piédestal ;
Dans la vasque murmure une voix de cristal ;
Et des roses partout, divines et nouvelles,
Roses sur les rosiers, roses au teint des belles ;
Voici les Jeux, voici les Grâces et les Ris
Devant mes yeux ravis à la fois et surpris.
Nymphes mes sœurs, sortez de vos grottes profondes !
Venez, filles des bois, venez, filles des ondes :
Ces asiles de joie et de frivolité
Par le vent du malheur autrefois dévastés,
Sous la main d'un magicien ont pu renaître ;
Grâce à lui, l'on nous voit aujourd'hui reparaître
Avec tous les appas que nous avions perdus :
Plus jeunes, plus charmants il nous les a rendus.
Jasons sous ces bosquets, dansons sur ces pelouses ;
De rires, de chansons ne soyons point jalouses :
Flore n'obtint jamais temple plus somptueux !
Et quand, sortant des eaux, nous tordrons nos cheveux,
Sans doute verrons-nous, sous la lune sereine,

Errer en souriant l'âme de La Fontaine !
Venez, mes sœurs, venez dans le sacré Vallon
Dont les Muses ont fait le Jardin d'Apollon :
Nous cueillerons la Rose au rosier poétique
Qu'illumine un reflet de la lumière antique,
Et, pour ce qu'il créa ce parc digne des Dieux,
Nous en rendrons l'hommage au maître de ces lieux.

# ÉPODE

# ÉPODE

*Car il est bon de vivre et d'avoir vécu.*
Lucien Jean.

Toi aussi, tu deviens jour à jour du Passé.
Ta voix se tait : déjà ta chanson se prolonge
Dans les soupirs de la forêt, et dans le songe
Où murmure la nuit l'océan apaisé.
Ces lieux où ton sourire s'est posé,
Ce sentier où tes pas ont imprimé leur trace,
L'eau du ruisseau qui passe
En emportant le reflet de tes yeux,

Et ces champs où flotta ta douce rêverie,
Gardent le plus subtil et le plus merveilleux
De toi-même ..
Et c'est le magnifique et sublime poëme,
Qui s'élabore au sein mystérieux
De cette ombre où les temps révolus se recueillent.
Songe à tes gestes abolis
Tandis que les heures s'effeuillent :
Sur eux s'est étendu l'oubli,
Et cependant tous ils demeurent.
Les soirs où les fontaines pleurent,
Les matins où la joie exulte dans les bois,
Tes gestes revivront et chantera ta voix,
Au rythme souverain du monde
Où tous les hymnes, tous les gestes se confondent.
Rends tes instants plus beaux : chacun d'eux
N'est pas le grain semé dans le sol hasardeux,
Mais le germe fécond d'éclosions certaines,
Car les hommes nouveaux qui demain surgiront
Inclineront vers le passé leur pâle front,
Tâchant d'y déchiffrer l'Enigme surhumaine.

Tu es un anneau de la chaîne :
Poursuis le rêve de Beauté ;
Erre, si tu le peux, au Jardin Enchanté,
Auprès de ceux dont tu cherches l'exemple,
Et ne dis pas qu'ils ne sont plus :
Plus loin que l'horizon que ton regard contemple,
Tu les verras toujours présents, les disparus.
Penses-y bien : ton ombre sur la mousse
Bientôt avec les leurs va marcher à pas lents
Dans le calme des soirs, sous les saules tremblants.
L'heure te sera douce.
Tu savouras les parfums du coffret
Où les roses d'antan ont conservé leur charme ;
Joins une fleur à ce bouquet ;
La goutte de rosée est peut-être une larme
Au calice fermé : cela, c'est ton secret...
Mais celui-là dont la ferveur et la tendresse
En viendront évoquer la vivante splendeur,
A son cœur sentira des souvenirs rôdeurs
La tiède et souriante et divine caresse.

# TABLE

# TABLE

## *LE RELIQUAIRE D'AMOUR*



## *DES VOIX, DES SOUVENIRS*

## *LES PIERRES HANTÉES*



## *L'AME DES TRIANONS*



## *A L'OMBRE DES ARCEAUX GOTHIQUES*

## *QUATRE FLEURS SUR DEUX TOMBES*



## *EPODE*

ACHEVÉ
D'IMPRIMER
par
VANDROTH-FAUCONNIER
A LILLE
le
30 AVRIL
1911

www.ingramcontent.com/pod-product-compliance
Lightning Source LLC
LaVergne TN
LVHW012011220826
846092LV00001B/306

* 9 7 8 2 3 2 9 7 7 4 4 4 2 *